Catalogage avant publication de Bibliothèque et Archives nationales du Québec et Bibliothèque et Archives Canada

Gravel, François

 La magie de Super Hakim

 (Super Hakim ; 2)
 Pour enfants de 7 ans et plus.

 ISBN 978-2-89591-257-6

 I. Deschamps, Yvan, 1979- . II. Titre.

PS8563.R388M33 2016   jC843'.54   C2015-941587-X
PS9563.R388M33 2016

Tous droits réservés
Dépôts légaux : 1ᵉʳ trimestre 2016
Bibliothèque et Archives nationales du Québec
Bibliothèque et Archives Canada
ISBN : 978-2-89591-257-6

Illustrations : Yvan Deschamps
Conception graphique et mise en pages : Amélie Côté
Correction et révision : Annie Pronovost

© 2016 Les éditions FouLire inc.
4339, rue des Bécassines
Québec (Québec) G1G 1V5
CANADA
Téléphone : 418 628-4029
Sans frais depuis l'Amérique du Nord : 1 877 628-4029
Télécopie : 418 628-4801
info@foulire.com

Les éditions FouLire reconnaissent l'aide financière du gouvernement du Canada pour leurs activités d'édition.

Elles remercient la Société de développement des entreprises culturelles du Québec (SODEC) pour son aide à l'édition et à la promotion.

Elles remercient également le Conseil des arts du Canada de l'aide accordée à leur programme de publication.

Gouvernement du Québec – Programme de crédit d'impôt pour l'édition de livres – gestion SODEC.

IMPRIMÉ AU CANADA/PRINTED IN CANADA

Miniroman de **François Gravel**
Illustré par **Yvan Deschamps**

ÉDITIONS
FouLire

Aujourd'hui, j'ai enfilé mon chandail de superhéros pour aller à l'école. Ce n'était pas une bonne idée.

Quand on a fait une dictée, tous mes amis ont eu zéro faute, sauf moi!

À la récréation, on a joué au soccer. Tout le monde a compté un but, sauf moi!

Cet après-midi, en sciences, notre professeur nous a posé dix questions auxquelles il fallait répondre par vrai ou faux. Certains de mes amis ont répondu n'importe comment et ils ont eu 10 sur 10!

Moi, j'avais bien étudié et j'ai eu 8 sur 10! La note la plus faible de toute la classe!

En marchant vers la maison, je me suis dit que je ne porterais plus jamais mon chandail à l'école. Obtenir des points sans travailler, ce n'est pas juste ! En plus, mes amis ne savent même pas que c'est grâce à moi qu'ils ont de la chance ! Pourquoi est-ce que j'aiderais les autres, si ça ne me donne rien, à moi ?

J'ai même pensé que je ne porterais plus jamais mon chandail de toute ma vie.

Jimmy est un mendiant. Je le vois presque tous les jours quand je reviens de l'école. Il s'assoit sur le trottoir en face de la pharmacie et il dépose son chapeau devant lui. Ensuite, il reste là à ne rien faire. Il espère que les passants auront pitié de lui et qu'ils déposeront des sous dans son chapeau.

Mon père m'a expliqué que Jimmy ne peut pas travailler parce qu'il est malade. Il n'a pas de famille ni d'amis pour prendre soin de lui. C'est vraiment triste.

Quand je passe devant Jimmy avec mes parents, ils me donnent parfois des sous pour que je les dépose dans son chapeau.

Quand je suis seul, je ne peux rien lui donner, mais je lui dis quand même bonjour.

Il me répond en hochant la tête, et c'est tout. Je ne parle jamais à Jimmy et lui non plus ne parle pas. Tout ce qu'il dit, c'est « merci ».

Plus que n'importe qui, il aurait bien besoin d'un peu de chance dans la vie!

Si je reste à ses côtés pendant quelques minutes, peut-être que les passants lui donneront plus d'argent!

Deux dames sortent de la pharmacie, mais elles passent devant nous sans rien lui donner.

Je réfléchis un peu et je comprends pourquoi : mon chandail de Super Hakim est caché par mon coupe-vent.

Je descends la fermeture éclair, et un homme sort aussitôt de la pharmacie. Il porte un manteau de cuir et il a l'air très riche. Peut-être qu'il va lui donner mille dollars ?

Il fouille dans ses poches, puis il jette une pièce de monnaie dans le chapeau de Jimmy.

Je me penche pour regarder : ce n'est qu'un dix sous!

Jimmy dit quand même « merci »,
mais je me demande bien pourquoi :
il ne pourra même pas acheter une
tablette de chocolat !

Une fois rentré à la maison, j'enlève mon chandail de Super Hakim et je le range dans le dernier tiroir de ma commode. Aujourd'hui, ce chandail ne m'a valu que des malchances. Je ne veux plus jamais le porter.

Ma commode déborde
de chemises, de chandails,
de bas et de culottes.
Jimmy, lui, porte toujours
les mêmes vieux vêtements
troués. J'aimerais bien lui
donner quelques-uns de
mes chandails, mais
ils seraient trop petits
pour lui. Ce n'est
pas juste !

Je vais ensuite dans la cuisine et je me sers ma collation préférée : une immense tranche de gâteau au miel. Si je le voulais, je pourrais manger le gâteau au complet. Chez moi, il y a toujours des tonnes de nourriture. Jimmy, lui, n'a rien du tout.

Je retourne dans ma chambre et je réfléchis à ce que je pourrais faire pour l'aider.

Est-ce que je devrais aller lui porter du gâteau ? Ou alors une pomme, une orange, des amandes ? Peut-être qu'il aime le couscous ? Celui que cuisine ma sœur est délicieux.

Et si je lui préparais un sandwich au beurre d'arachides ?

Ce n'est peut-être pas une bonne idée :
certaines personnes ont des allergies.

Je pourrais aussi prendre des sous
dans ma tirelire pour les lui donner.
De cette manière, il pourrait acheter
ce qu'il veut !

Je dois d'abord en parler à mes parents.
Ils n'aiment pas que je dépense mon
argent sans leur demander la
permission.

J'entends justement du bruit dans la cuisine. Je vais rejoindre mon père, qui vient de commencer à couper des légumes pour faire une soupe. Peut-être que je pourrais en apporter un bol à Jimmy ?

Mais je n'ai pas le temps de demander à mon père ce qu'il en pense. Au moment où je mets les pieds dans la cuisine, ma mère arrive de travailler.

– Je viens d'entendre une histoire extraordinaire! s'exclame-t-elle en enlevant son manteau. J'étais impatiente de rentrer pour vous la raconter.

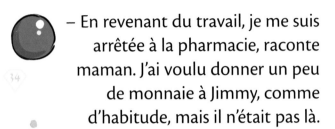

– En revenant du travail, je me suis arrêtée à la pharmacie, raconte maman. J'ai voulu donner un peu de monnaie à Jimmy, comme d'habitude, mais il n'était pas là.

– C'est bizarre, répond papa. Il est toujours à son poste, à cette heure-là…

Je trouve moi aussi que c'est étrange, mais je ne dis rien. Je veux savoir la suite !

– J'en ai parlé au pharmacien. «Où donc est passé notre ami Jimmy?», lui ai-je demandé. «J'espère qu'il ne lui est rien arrivé!» Il m'a répondu que Jimmy était entré dans la pharmacie un peu plus tôt et qu'il avait mis une pièce de dix sous dans une machine distributrice de boules de gomme. Mais la pièce s'était coincée et il n'avait pas pu obtenir ce qu'il voulait.

– Pauvre Jimmy! dit papa. Il n'est vraiment pas chanceux!

– Attends un peu, ce n'est pas fini! reprend maman. Le pharmacien a réussi à débloquer la pièce avec un tournevis, et il s'est aperçu qu'elle était très vieille et très rare.

– Ça alors!

– Le pharmacien est allé voir sur Internet, et il a découvert que sa pièce valait plus de cent dollars ! Il l'a achetée à Jimmy, et celui-ci est parti manger au restaurant !

– C'est une très belle histoire ! dit papa. Je suis content qu'il puisse se payer un bon repas, comme nous ! À la soupe, tout le monde !

Je mange avec ma famille, je joue un peu à un jeu vidéo avec mon frère dans le sous-sol, je lis quelques pages d'une bande dessinée dans le salon, je prends un bain chaud avec des bulles, puis je retourne dans ma chambre pour me coucher.

Une fois étendu dans mon lit, je réfléchis à ma journée. Je me dis que je suis chanceux d'avoir des parents qui prennent soin de moi, un frère qui me donne plein de trucs pour gagner aux jeux vidéo et une sœur qui m'aide souvent à faire mes devoirs.

En plus, j'ai une chambre à moi tout seul, avec des jeux, des livres, des vêtements, des patins, des skis…

Jimmy, lui, n'a rien de tout ça! Il n'a même pas de maison. On dirait bien que je lui ai un peu porté chance aujourd'hui, et c'est tant mieux.

Mon chandail de superhéros ne me donne peut-être pas de chance à moi, mais il en donne aux autres. Je peux quand même en profiter, à bien y penser : quand on rend les autres heureux, on se sent un peu plus heureux nous aussi.

Je me lève, je sors mon chandail
du dernier tiroir où je l'ai caché et
je le range dans le premier tiroir,
sur le dessus de la pile. Demain,
je le porterai encore!

Super Hakim

Auteur : **François Gravel**
Illustrateur : **Yvan Deschamps**

François Gravel a aussi écrit aux éditions FouLire :

- Les histoires de Zak et Zoé
- Mes parents sont gentils mais... tellement mauvais perdants !
- Poésies pour zinzins
- Le livre noir sur la vie secrète des animaux
- La Bande des Quatre

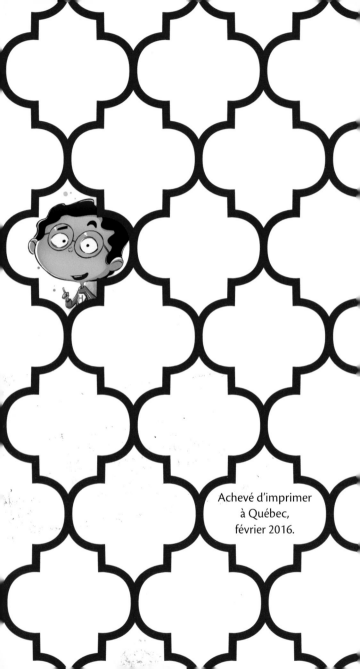

Achevé d'imprimer
à Québec,
février 2016.